Waltraut de Willigen
Frans Sakkee

## SPUREN DIE DU HINTERLÄSST

## SPOREN DIE JE ACHTERLAAT

Editie VONKENDANS

# SPUREN
# DIE DU HINTERLÄSST

2. Auflage
Copyright: © 2013 Verlag Editie VONKENDANS
NL – Philippine (Z-VL), www.vonkendans.nl
Alle Rechte vorbehalten
Illustration: Frans Sakkee
Einbandgestaltung: Lilith-Benthe Eriksen
Herstellung und Verlag: BoD - Books on Demand, Norderstedt, www.bod.de
ISBN 978-3-7322-9175-5

Die Kräfte, die den Kosmos bewegen,
unterscheiden sich nicht von den Kräften,
welche die menschliche Seele bewegen.

Lama Aragarika Govinda

David erinnert

Es war …

… Mitte der 1990er Jahre. Zum ersten Mal fuhr ich nach Skylge – Schylge – nach Terschelling also, wollte Stille tanken in den Dünen und am Wattstrand, nichts anderes hören als Wellen, Wind und Möwen und vielleicht am Nordseestrand dem ersten Herbststurm trotzen…

Die Fähre ‚Friesland' legte an, und ich fuhr mit einem gemieteten Fahrrad los gen Oosterend. Willem-Barentzskade, Burgemeester van Heusdenweg… Halfweg… Spätestens hier hatte ich vergessen, weshalb ich auf die Insel gekommen war. Im Windschatten einer Düne saßen ein paar junge Leute und redeten sich die Köpfe heiß. Über die nächste *5. Jahreszeit.* Wie bitte? Meine Antennen standen sofort auf Empfang. Über *Oerol* (sprich Urol) redeten sie. Über Theater, klassisches und experimentelles. Und über Musik von Brahms, Mendelssohn, Verdi, Strauss & Co, über Klezmer und Zigeunermusik und Jazz. Und über Tanz und Bildende Kunst in jeder denkbaren Form. *Komm nächstes Jahr im Juni wieder, dann verstehst du, was wir meinen*, sagte einer der Burschen. *Aber Vorsicht! Suchtgefahr!* rief er mir nach, als ich mich aufs Rad schwang, um meinen Weg fortzusetzen.

Und ich kam im Juni wieder – und es *machte* begierig nach mehr, dieses Festival genannt Oerol, das der Entfaltung der Fantasie Raum gibt, wo sich Neues erproben darf und wachsen kann, wo Bewährtes nicht vergessen wird. Begierig nach weiteren großartigen Inszenierungen, Performances, Happenings auf Waldlichtungen, in den Dünen, in magischen Vollmondnächten am Strand und hinter Deichen, in diesem besonderen sich ständig ändernden Insellicht, vor nordisch-dramatischen Sonnenuntergängen und unter hohen Wolkenhimmeln. Bei Ebbe. Bei Flut. Manchmal auch bei Windstärke 5 oder Regen, was niemandes Genuss an den Vorstellungen schmälerte.

Fortan reisten wir zu zweit nach Skylge, erwanderten und erfuhren uns die Insel, die uns jedes Mal neu begeisterte und inspirierte. Unsere Skizzenblöcke und Notizbücher füllten sich mit Andeutungen, Entwürfen, Gedankensplittern, Textansätzen, mit liebevoll gehegten Erinnerungen an Orte, Begegnungen und Stimmungen, an das quirlige, heitere Leben in den Dörfern neben der Stille der weiten Polder, der einsamen Heide- und Waldwege, der langgestreckten Strände, und an die offenen Menschen, die gern die Geschichte, Geschichten und Legenden ihrer Insel erzählen und, natürlich, von der 5. Jahreszeit auf Skylge.

Waltraut de Willigen<br>
Frans Sakkee

LOSLASSEN
eingeübt
Weggehen
ausprobiert
Ins Unreine
zurückzukommen gewagt

Den Stürmen
wachsen endlich wieder
Möwenflügel
und meiner Seele
wird die Haut
zu eng

ZURÜCKKEHREN
und suchen
die verlorene Sprache
und finden

Worte wie verlassne Häuser
von denen jedes
seine eigne Leere hat

und ahnen die Tür
hinter der sich
ihr Reichtum
verbirgt

## DIE SPUREN DIE DU HINTERLÄSST

Ich bin wieder da. Wie jedes Jahr. Bin heute Mittag angekommen. Zurückgekommen. Jetzt begrüße ich meine Insel, entdecke neu, was unverändert ist.

Wenn ich mich umdrehe, in Richtung West aan Zee, höre ich den Wind nicht, ist es still vor den Dünen. Schaue ich vorwärts, den Weg entlang, den ich noch vor mir habe, drängt er sich mir wieder auf, lässt Binsen und Sandhalm wogen, während im Windschutz von Wollgrasstauden reglos ein Büschel Strandenzian steht. Brandgänse dösen am Ufer des Dünentümpels, der blau daliegt.

Ich löse mich von dem Kitschbild. Es hat nichts gemein mit den lauten Sturmtagen, an die ich mich erinnere. Gern erinnere. Immer wieder, wenn ich zu weit weg bin, um mit nackten Füßen durch den Sand zu waten wie jetzt.

*Guten Tag, lieber Freund, guten Weg...* fällt mir plötzlich ein, als ich weiter wandere, den Dünenweg aufwärts. Der hölzerne Steg ist schmal, verwittert. Eine Raupe schiebt sich über die Planken. Wenn Füße sie verschonen, kann sie es schaffen, ein Schmetterling zu werden.

Wie war das Lied? Sergej hat es manchmal gesungen. Auf unseren abenteuerlichen Ritten über die ausgetrockneten Pfade von Abez nach Inta. Und als ich wieder fortfuhr, in dem uralten Schlitten, durch traumschönes tückisches Winterland, zum weit abgelegenen Flugplatz.

*Guten Tag, lieber Freund, guten Weg…,* sinniere ich, die Melodie summend, die ich noch weiß. Und es hilft.
*Dank für Deine Spuren…* Ich höre es Sergej wieder singen.
*Dank für Deine Spuren / die du hinterlässt für mich / in der wilden, weiten Tundra …*
O diese ungebändigte rauhe Stimme, sie wollte so gar nicht zu dem stillen, besonnenen Mann passen.

Sergej ist schon lange tot.

*Adieu, lieber Freund, adieu…* mache ich spontan daraus und lasse die Gedanken an Sergej am Tümpel zurück.

Ehe ich den Dünenkopf erreiche, bleibe ich stehen, verweile, um dem großen windzerwehten Meerklang zuzuhören. Das ist es, was mir gefehlt hat. Ein paar Schritte noch, dann sehe ich sie endlich wieder, die See.

Ich beeile mich, den Strand zu erreichen und die Flutlinie, wo unter meinen Füßen Venus- und Miesmuschelbruch knirscht, Austernschalenstücke scheuern.

*Die Spuren, die du hinterlässt…*
Meine Spuren lagen schon immer hier; wenn sie von den Gezeiten fortgespült waren, legte ich neue aus.

Ich bleibe stehen.
Lasse meine Fersen einsinken.
Wandere weiter.

Während die Mulden volllaufen, die meine Füße im Sand hinterlassen haben, gehe ich schon über einen Teppich von Schwertmuschelhälften. Unter jedem Tritt knappen sie, brechen sie. Es klingt endlich.

Fliegen hocken auf einer leck gepickten Krabbe.
Irgendwo, nicht weit von mir entfernt, ein Hecheln, ein dumpfes Bellen.
Dann wieder Stille bis auf den Wind und die Brandung und ab und zu einen Lachmöwenschrei.
Und das Knattern eines Papierdrachens weiter hinten, beim Leuchtturm.

Für Augenblicke bewahrt der feuchte Sand die Spuren noch, ein paar vergängliche Abdrücke von Hundepfoten und Pferdehufen, von Menschenfüßen, erwachsenen, und von denen eines Kindes. Zwei kurze Schritte neben einem großen. Kaum mehr wahrnehmbar.
Rührend.

Die Augen auf den Sand gerichtet, folge ich der Kinderfüßespur, setze meinen rechten Fuß neben einen kleinen linken Abdruck. Es fühlt sich vertraut an.
Daneben trocknet die Sonne Herzmuscheln und ein Stück Wendeltreppenschneckenhaus. Ich bücke mich, um es aufzuheben und zähle, ich weiß nicht warum, die kleinen Kuhlen, Eindrücke der Zehen eines linken Kinderfußes, ... *drei, vier, fünf, s...*
Nein! Noch einmal: ... *drei, vier, fünf, sechs!*
Tatsächlich! Sechs Zehen an einem Kinderfuß...

*Die Spuren, die du hinterlässt ...*

Vorsichtig, beinahe nicht, streichle ich die winzige Mulde und mein Herz jubelt:
dieser kleine Fuß, dieses Kind, durfte heil bleiben.

Sommerlich träge dünt die See strandwärts,
Welle um Welle
löscht sie die großen
und die kleinen Spuren
und kabbelt
um meinen
verstümmelten Fuß.

DER AUFWIND
trägt mich wieder
seit der jüngst gezähmte Sturm
der lahmgelebten Taube in mir
die zerwucherten Flügel gestutzt

Jetzt
trägt er mich
höher

UNSER ANFANG

Ich trage meine Schuhe in der Hand. Sand! Sand um meine nackten Füße. Warmer Sand. - Nein, je mehr ich einsinke, desto kälter spüre ich ihn.

Die Winterstürme haben tote Zweige aus Hängebirken und Kriechweiden gebrochen. Der Märzwind spielt jetzt mit ihnen, wendet sie, fegt sie weiter, trägt sie Augenblicke lang, lässt sie am Krannbeersaum fallen.

Die Dünung legt Sonnenglitzerspuren aus im feuchten Sand.
Dort, wo die Luft klarer ist als anderswo,
weiß ich das Meer,
das mich gezeugt und geboren hat.
Am Anfang war das Meer.<br>Nur das Meer.

Ich verknüpfe die Bänder meiner Schuhe, hänge sie mir über die Schulter. Ich muss die Hände freihaben für Strandhafer und Sand, für Muscheln und Wind.

Du bleibst in der Dünensenke bei Sanddorn und Brombeerstrauch,
lässt mich erst allein mit dem Meer,
kommst nach.

Ich gehe strandwärts,
komme mir näher mit jedem Schritt.
Das Brausen in meinem Großstadthirn hört auf.

Ich höre die Stille,
erahne Schiffe am Horizont,
wittere Tang und atme ein - atme ein, bis mich schwindelt.

Auf der splittrigen Holztreppe bleibe ich stehen, finde Wurzelreste wieder, wünsche mir, mit dir die Stufen hinunter zu gehen, die meine Füße kennen.

Beim ersten Blinken
    des Leuchtturmfeuers,
        holst du mich ein
            im tiefen, ständigen umbrochenen Sand.

                Am Ende des Priels ...
                    ... unser Anfang

VOM SCHMETTERLING
aus deinem Mund
flüchtig berührt

Einen Wimpernschlag lang
zu nah
meiner Haut

Bis er aufflog
der Schmetterling
aus deinem Mund
:
mein Name

## PEER

*Ich bin groß,*
*und ich werde Kaiser,*
rief er.
Und er schwankte im Windsog,
und die Wellen leckten ihm die Fersen,
und Krähen zirkelten über seinem Kopf:
*Wer bist du?*
*Ein Ungezügelter, Wüster, ein Fantast,*
flüsterte Aase
und begann zu sterben.

*Ich bin reich,*
*und ich habe Macht,*
dachte er.
Und der Schirokko raste,
und der Sand polierte sein Gesicht,
und Geier zirkelten über seinem Kopf:
*Wer bist du?*
*Gewillig und stark, dir selbst genug,*
sagte der Krumme.
*Du bringst es noch weit.*

. . .

. . .

*Ich bin ohne Heimat,*
*hab alles verspielt,*
*begriff er.*
Und die Stürme heulten,
und der Sand deckte ihn zu,
und Möwen zirkelten über seinem Kopf:
*Wer bist du?*
*Ein Niemand, ein Nichts, mir zu gering,*
sagte der Mann
mit der Sense und ging.

*Ein Niemand bin ich,*
*nur Hülle, kein Kern,*
*sah er ein.*
Und der Wind legte sich,
und die Wellen kühlten ihm die Füße,
und Tauben zirkelten über seinem Kopf:
*Wer du bist?*
*Du bist der, den sie erkennt.*

Und nahe schon
klang Solvejgs Lied

## RONDO MAGISTRALE

Pendel schraubt sich
in Spiralen
durch den Raum
und misst
die Zeit

Zeichnet stetig
kleinre Rillen
wendet
um zurückzuschwingen
largo largo

und im Takt
des ewigen Rondos
unentwegt
neu
Maß zu nehmen

DER ZEITSUCHER


Seltsam still steht das Grüppchen im Wind zwischen Düne und Meersaum. Gespannt. Einige leicht vornüber gebeugt.

Skulpturen?
Menschen?

Menschen! Menschen, die sich langsam in Bewegung setzen, dann wieder stehen bleiben, geschlossen und als wären die Abstände zwischen ihnen festgeschrieben. Ihre Körper entziehen meinem Blick, worauf alle zu schauen scheinen. Irgendwo in Richtung Flutlinie.

Ich will ihnen näher kommen, will sehen, was sie sehen, komme nur langsam voran. Der tiefe Sand lässt keine schnellen Schritte zu.

*Er ist verwirrt*, höre ich, bei der Gruppe angekommen.

*Nein. Er sucht etwas.*

Er: ein Mann, der einen Zirkel in den Sand geht. Langsam. Bedächtig. An einem groben Tau, das er über dem Brustkorb mit beiden Händen festhält, das sich über seine Schulter, über seinen Rücken strafft, zieht er ein kleines hölzernes Boot hinter sich her. Wenn sich die Spur des Kiels im Sand zu einem Kreis geschlossen hat, wandert

er weiter, beginnt einen neuen. Das Grüppchen Menschen wandert mit.
Eine Frau löst sich schließlich aus der Runde. Sie geht auf ihn zu, ruft: *He, was tust du?*

*Ich suche Zeit, meine Zeit,* antwortet er, im Weitergehen den nächsten Kielspurkreis beginnend.

*Weshalb hast du das Boot bei dir?* will sie wissen.

*Weil ich es brauche, wenn meine Zeit da ist.*

*Suchst du sie schon lange, deine Zeit?* fragt sie weiter, aber der anlandige Wind trägt ihre Worte über die Dünen davon.
Weil der Mann nicht antwortet, geht sie ihm bis zum Beginn der neuen Spur entgegen, wartet auf ihn, wo nur noch etwa drei Bootslängen zum geschlossenen Zirkel fehlen. *Kann ich ein Stück mit dir gehen?*

Der Mann bleibt stehen, schließt einen Moment lang die Augen, als schaute er in sich hinein. *Gib mir Zeit.*

*Nimm dir Zeit*, sagt sie, greift mit beiden Händen ins Leere, streckt ihm die leeren Hände hin: *Hier, nimm…*

*Du willst mir geben, was du vielleicht nicht hast.*

*Ich glaube, ich habe Zeit genug. Ich könnte dir einen Teil davon schenken.*

*Wie viel?*

*So viel du brauchst.*

*Das schränkt mich ein.*

*Gut, so viel du willst.*

Der Mann schüttelt den Kopf. *Seine Zeit verschenkt man nicht. Bewahre sie, hüte sie.* Er strafft das Tau, als wolle er den begonnenen Zirkel beenden, besinnt sich, bleibt stehen, lässt die Frau nicht aus den Augen.

*Dir würde ich sie schenken, ich hab noch viel ….*

*Kann sein. Kann nicht sein. Behalte deine Zeit, ich habe selbst noch genug.*

*Hier. Nimm…* sagt die Frau noch einmal, geht auf ihn zu, streckt ihre Hand seiner Hand entgegen. Und der Mann nimmt sie an.
Ihre rechte Hand um das Tau, nahe seiner linken, vollenden sie den Kreis.

VOR DEN DÜNEN
geschieht
die Wandlung
vollzieht sich
allmählich
meine Metamorphose

während die See
die ewig neue
sich niemals
verändert

MEINEN MUT
und meine Wut
den Wolken
anvertrauen
und meine Trauer
und meine Hoffnung
dem Wind

und dann
warten
was
davon
bleibt

## SONNWENDE

Unser Abschied im letzten Jahr ließ offen, ob wir einander dieses Jahr wiedersehen würden. Zum ersten Mal sagten wir nicht wie in all den Jahren seit unserer ersten Begegnung beim Heartbreak Hotel: *Bis nächstes Jahr.*
Ob wir uns noch einmal ein Wochenende schenken wollten, von dem niemand etwas weiß, blieb lange ungewiss.

Jetzt hast du das Feuer, unser altes Feuer, an der vertrauten Stelle entzündet. Glut sprüht auf, erlischt. Asche schwebt, zerweht. Kleine Flammen lecken an dem armdicken Holzscheit in der Mitte. Es riecht grün und qualmt. Der Rauch ätzt meine Lungen.

Die Wellen beginnen weit draußen vor der Küste, dünen heran, überrollen Strandpfähle, legen weißen Schaum auf den Sand, den ungestüme Böen weitertragen. Wolken ziehen schnell landeinwärts. Helmgras wogt.

Viel Raum ist zwischen uns.
Raum im Überfluss, den wir früher nicht kannten.
Jetzt brauche ich ihn.
Es ist sicherer, auf Abstand das Feuer sich in deinen Augen spiegeln zu sehen, deine Haut schimmern zu sehen im flüchtigen Funkenregen, dabei zu wissen, wie dein salzfeuchter Rücken sich anfühlt.

Die Geste, mit der du eine Fliege verscheuchst, rührt mich. Sie erinnert mich an das Spiel deiner Fingerspitzen an meiner Schläfe, deiner Hand in meinem Haar, als wir tanzten, nahe der Glut.

Unsere Worte, seltsam rauh, seltsam verweht, brechen ab, zerfallen, eines nach dem anderen, gehen in Rauch auf.

Unser Feuer ist zu Asche geworden.
*Nein, zu Glut,* widerspricht mein Alter Ego.
*Zu Asche,* denke ich. Und weiß es besser.

Eine Möwe fliegt auf. Noch eine. Ganz nah.

Ich suche deinen Blick. Weißt du noch, das letzte Mal? Damals lachten wir über den Sand in unseren Schuhen, schleuderten sie von den Füßen, vergaßen sie irgendwo in den Dünen. Mein Strohhut flog fort, an der Flutlinie blieb er liegen. Bloßfüßig rannten wir ihm nach, aber der Wind war schneller und ließ die Wellen mit ihm spielen.

Schatten schwebten über uns, als du das Feuer entfachtest.
Waren wir allein? Oder zählten die anderen nicht?

Erinnerst du dich an unseren Schwanentanz nahe der Glut, als die Möwen schwiegen.
Wir schwiegen auch.
Wie jetzt.

Damals wollte ich mit dir durchs Feuer gehen.
Heute ändere ich meinen Code,
gehe,
schaue nicht zurück, solange du mich sehen kannst.

Allmählich
legt sich der Sturm.

DER MITTAG WAR NOCH WARM UND STILL,

jetzt, auf meinem Weg zur Herberge, tobt der erste frühe Herbststurm vor den Dünen. Schrill-dumpf-dumpf-schrill morst er in Moll die Nachricht vom Ende des Sommers hinüber zum sanftneonroten Horizont vor der Stadt.

Birkenzweige teilen mit sicheren Hieben die Luft.
Weidenruten kämmen Regenschlieren aus den Wolken.
Gräben füllen sich, knappe spitze Wellen dreschen ihre Ränder.
Verankerte Seeroseninseln halten die Böen aus.
In kleinen Buchten suchen Schwäne, Enten, Blessrallen Schutz.
Riet beugt sich tief, fegt die Erde, bricht nicht.

Im Pferch auf der Koppel dösen weißschwarze Kühe nah beieinander, die Schädel unter dem Sturmschnitt, und hinter dem Gatter drängen Stuten ein Fohlen in ihre Mitte.

Was ist Glück?

Ein Reiher fliegt auf, fliegt fort.
Möwen landen, ducken sich ins kurzgeweidete Gras.
Ich höre nicht, ob sie schreien. Der Sturm singt zu laut eine neue halbe Oktave,
                                      er heißt mich willkommen.

SAND SPÜREN
Einsinken
Versinken
Stumm werden
Aufgehen in ...

Dann neu begreifen
Revidieren
Anders tun
Nicht alles
Aber das...

Vielleicht
verwehte Spuren
decodieren

DAS WATT VERMUTEN
und Masten an der Kade
Unruh weicht Stille

## MEIN BOOT IM WATT
### oder DIE LEERE

Wohl tausend Gezeiten lang
lag es im Sand
gefüllt
bis an die Reling
mit Leere

Die See
und der Wind
zerfraßen mein Boot –
allmählich
versank es
im Schlick

bis es sich leerte
mehr und mehr leerte
und die Leere
zerrann
in den Sand
und suchte sich
andere Hüllen

NEBELSTILLE
und Krähen stelzen übers Feld
als hätten sie keine Flügel

Nebelstille
und Winde spielen Fangen
mit dem letzten zertrockneten Blatt

Nebelstille
und im Waldbeerenstrauch
flicken Spinnen die Netze

Nebelstille
und Käfer ziehn um
in den morschen Buchenbaumstumpf

Nebelstille
Und tief in mir
wächst Ahnung

## TRAUERWEIDEN

Als wüchsen die Ruten
heraus aus dem Teich

als fänden sie sich
zwischen Ästen und Zweigen

und hoch in den Kronen
beim Graureihernest

aus dem sie regnen
zurück in den Teich

auf dass ihr Zyklus
sich vollende

## GESPENSTER

Im Gesträuch hinterm Deich
baumeln listige Zerrspiegelfratzen
feixen hitzige Gnomengesichter
Die stehlen
die Schatten
und schärfen
die Töne
zersplittern
das Licht
und zupfen beharrlich an silbrigen Schleiern
bis eines ums andre sich löst aus den Zweigen
und klopft
klopft
und tropft
tropft
von Blatt

zu Blatt

zu Blatt
●
ins hohe Schilf

MARIO UND JOSEPHINE

*Das Meer ist unser Orakel.
Es weiß, wie viel Zeit und Kraft uns gegeben ist.*

*Dieser Nordwind! Wir hätten nicht hierher kommen sollen,* sagte er laut in eine Böe, die an seinem Haar, an seinem Schal zerrte. Seit dem Barbaratag fror es. Jetzt, drei Wochen später, in den frühen Nachmittagsschatten von Hecken und Bäumen, lag Reif.

*Es ist gut, hier zu sein,* dachte sie in das Flirren des Rieds, ging die wenigen Schritte, die er ihr voraus war, schneller, steckte ihre Hand zu seiner in seine Manteltasche.

Sie folgten gefrorenen Traktorspuren auf dem schmalen Weg zwischen Pferchen und Gräben und schwiegen wieder bis auf sein: *Wir sind nicht mehr jung...*

Sie löste sich, tauchte tiefer in ihren Mantel, ging ihm voraus. Nach einer Weile fragte sie nach hinten: *Strandpfahl 15?* Er antwortete nicht, hatte sie wohl nicht gehört. Sie blieb stehen, bis er sie eingeholt hatte: *Pfahl 15?* Er nickte, ließ sie sich anlehnen, umarmte sie, kurz nur. *Wir könnten es nicht lang genug begleiten!*
Der Wind trug seine Worte über Sträucher und Weiden landwärts. Und aus dem Wind wurde Sturm, der ihnen fast den Atem nahm.

Bei Strandpfahl 15 kämpften sie sich am Spülsaum entlang. Manchmal sahen sie einander an, wünschten, die schillernde Ölspur nicht gesehen zu haben, die sich bis zur Vordüne zog; nicht den Hund, der die Lefzen vor dem fetten gräulichen Schaum hochzog, den die See statt Gischt immer neu auf den Sand lagerte; nicht den Jungen, der versuchte, eine tote Qualle in die rauhe See zurück zu kicken; nicht die Möwen und Strandläufer, die in Dünentälern hockten und ihre klebrigen Flügel säuberten.
Sie rochen weder Brack noch Tang.
Er schüttelte den Kopf. *Wir haben nicht genügend Zeit und Kraft, dagegen anzukämpfen, geschweige …*

*Unsere Kraftquellen sind tief und reich. Wir werden sie weitergeben,* sagte sie bestimmt, umarmte ihn und er hielt sie. Inmitten des Sturms einander so nahe fanden sie in des anderen Augen einen Schimmer schon verloren geglaubter Zuversicht wieder, erwogen neu …

Da ließ der Sturm plötzlich nach. Strand, See und Horizont wurden Eins. Und aus dem Himmel fielen Sterne. Es schneite.

Als die ersten Abendnebel aus dem Wasser krochen, machten sie sich auf den Heimweg,
hinterließen Spuren im schneeigen Sand,
die aus dem Meer zu kommen schienen,
aus dem schon immer das Leben kam.

# EISSCHLAF

Der Sturm spielt Harfe
Flöte und Posaune
Mit Leidenschaft
spielt er den Abschied für die Möwe
die scheint zu schlafen
in dem eis'gen Sandbett

Ein großer Abschied
für den stillen Vogel
inmitten von
beschneiter
Gischt?

Für zwei
drei Augenblicke
klingt die Stille
lauter

ALIBI
oder Der geschenkte Tag


Nimbostratuswolken drohen
Gischt peitscht Strandgut in den Sand
Über der brüllenden **schäumenden** See
atemraubend die Luft
Die Möwen ducken sich
**ins Schilf**
und die Fischer fahren
wieder nicht aus

Mein Alibi
für einen
weiteren Tag
auf Terschelling

© Frans Sakkee, Het Stryper kerkhof / Der Friedhof von Stryp

# SPOREN DIE JE ACHTERLAAT

2ᵉ oplage
Copyright: © 2013 Uitgeverij Editie VONKENDANS
NL – Philippine (Z-VL), www.vonkendans.nl
Alle rechten voorbehouden
Illustratie: Frans Sakkee
Omslag: Lilith-Benthe Eriksen
Druk/Distributie: BoD GmbH, D – Norderstedt, www.bod.de
ISBN 978-3-7322-9175-5

De krachten, welke de menselijke ziel raken,
onderscheiden zich niet van de krachten,
die de kosmos bewegen.

Lama Aragarika Govinda


David herinnert

Intro

Najaar 1995. Voor de eerste keer naar Skylge – Schylge – naar Terschelling dus. Mijn voornemens: In m'n eentje langs het waddenstrand en door de duinen struinen en alleen maar naar de golven, de wind en de meeuwen luisteren. En misschien aan het Noordzeestrand de eerste herfststorm trotseren.

De 'Friesland' meerde af, en ik startte met een gehuurde fiets in richting Oosterend. Willem-Barentzskade, Burgemeester van Heusdenweg... Reeds in Halfweg vergat ik, dat ik alleen maar naar golven, wind en zee wilde luisteren. In de luwte van een duin zaten daar een paar jonge lui druk te praten. Over het volgende 5e jaargetij. Over wát? Mijn antennen stonden onmiddellijk op ontvangst. Over *Oerol* hadden ze het. Over theater, klassiek en experimenteel. En over muziek, Brahms, Mendelssohn, Verdi, Strauss & Co, maar ook over Klezmer en Zigeunermuziek en Jazz. En over dans en beeldende kunsten. *Kom volgend jaar in juni terug, dan begrijp je waar wij het over hebben,* zei een van die jongens. *Maar pas op! Het is verslavend!* riep hij me na, toen ik op mijn fiets stapte om mijn weg voort te zetten.

En ik kwam terug in juni – en het *was* verslavend, dit festival genaamd Oerol, dat de fantasie de ruimte geeft, waar nieuws ontstaat en mag groeien, waar het beproefde niet wordt vergeten!

Uitgelezen voorstellingen, performances, happenings op locaties in het bos, in de duinen, in magische volle maan nachten aan het strand en op de dijken; in dit bijzondere continue wisselende eilandlicht, met dramatische zonsondergangen en onder hoge wolkenluchten. Bij eb. Bij vloed. Af en toe ook bij windkracht 5 of in de regen, wat aan niemands genot van het uitgevoerde afbreuk deed.

Voortaan reisden wij met z'n tweeën naar Skylge. Samen wandelden en fietsten wij kriskras over het eiland, ontdekten steeds weer nieuwe plekken die ons keer op keer eens te meer inspireerden. Wij spekten onze schetsboeken en notitieblokken met aanduidingen, ontwerpen, gedachtespinsels, gedichtenfragmenten, met gekoesterde herinneringen aan stemmingen en ontmoetingen, aan de gezellige drukte in de dorpen naast de stilte van diepe stranden en wijde polders, aan eenzame wegen door bos en hei, en aan openhartige mensen, die graag de eilandverhalen en -legenden vertellen en, uiteraard, over het $5^e$ jaargetij op Terschelling.

Wally de Willigen  
Frans Sakkee

LOSLATEN
geoefend
Weggaan
uitgeprobeerd
In 't klad
gewaagd
terug
te kommen

De stormen
hebben
eindelijk weer
meeuwenvleugels
en de huid
om mijn ziel
wordt
te krap

TERUGKEREN ...


... en zoeken
de verloren taal
en vinden
woorden als
verlaten huizen

waarvan een ieder
zijn oereigen
leegte lijdt

en vermoeden
de deur
achter die zich
haar rijkdom
verbergt

## DE SPOREN DIE JE ACHTERLAAT

Ik ben er weer. Vanmiddag aangekomen. Terug gekomen. Nu loop ik mijn eiland te groeten, te verkennen wat ik onveranderd vind. Kijk ik rugwaarts, in richting West aan Zee, hoor ik de wind niet, is het even stil voor de duinen. Zodra ik vooruit kijk, dringt zich zijn ruisen weer op.
Een plukje klokjesgentiaan staat stil in de luwte, maar biestarwe en helm golven met de wind mee. Wilde eenden dompelen in het duinmeertje, dat blauw ligt.

Ik maak me los van dit kitschplaatje. Het past niet echt bij de luide stormdagen, die ik me herinner. Graag herinner. Steeds weer, als ik te ver weg ben om met blote voeten door het zand te ploegen zoals nu.

*Wel thuis, beste vriend, wel thuis...* schiet mij ineens te binnen als ik verder loop, tegen het duin op. De houten treetjes zijn smal. Sommige zijn stukgelopen. Een rups schuift over zo 'n plankje. Als voeten haar sparen, zal ze het halen, haar vlinderleventje.

Hoe ging dat liedje ook weer? Sergej heeft het soms gezongen. Tijdens onze avontuurlijke ritten over de uitgedroogde wegen van Abez naar Inta. En toen ik weer vertrok in die oeroude slee naar het verre vliegveld.

*Wel thuis, beste vriend, wel thuis...*, loop ik te mijmeren, het wijsje neuriënd dat me bijgebleven is. En het helpt. *Dank voor jouw stappen......* Ik hoor het Sergej weer zingen. *Dank voor jouw sporen / die je achterlaat voor mij / in de wilde, wijde toendra ....*
O die woeste stem, die niet bij die zachtmoedige man wilde passen. Sergej is al lang dood.
*Welkom, beste vriend, welkom*, maak ik er spontaan van en laat de gedachten aan Sergej achter in de duinvallei.

Eer ik de duintop bereik, blijf ik even staan om eerst eens te luisteren naar die grootse symfonie uit vervagende klanken. Dít heb ik gemist. Een paar stappen nog, dan zie ik het brede strand weer en de zee tot aan de horizon,
later, langs de vloedlijn, het kabbelen van slome golfjes,
vliegen op een stukgerukte strandkrab, lek gepikt,
venusschelpjes en kokkels onder mijn voeten, hier en daar hartschelpen, gedoornde en Noorse;
het scheurt en knarst.

*De sporen die je achterlaat...*
Mijn sporen liggen er vanaf mijn begin. Steeds weer weggespoeld en opnieuw neergelegd. Die van nu blijven ook maar even, zijn al bijna weg. Ik blijf staan, laat mijn hielen wegzakken in het zand, loop weer verder terwijl de kuiltjes van mijn voeten vollopen. Ik slenter over een tapijt van zwaardschedes. Onder elke stap knappen ze, breken ze. Het klinkt eindig.

Ergens het hijgen van een hond, niet ver bij mij vandaan. Een ruwe blaf. Nog een. Dan weer stilte op de wind en de branding en af en toe het stemmetje van een Drieteenstrandloper na. En het knetteren van een vlieger verderop.

Slechts weinig sporen in het natte zand. Vergankelijke prenten van hondenpoten en paardenhoeven, volwassen mensenvoeten en die van een kind. Twee pasjes bij één grote. Nauwelijks waar te nemen. Aanroerend.

Ik zet mijn rechter voet naast zo een kleine afdruk. Zeldzaam vertrouwd voelt het aan. Muiltjes liggen er te drogen en een wenteltrapje bij die kleine voetsporen. Ik volg de kinderpassen, mijn ogen op het zand gericht, ik buk en pak het wenteltrapje op en tel, ik weet niet echt waarom, de putjes van de teentjes van dat linker voetje na. ... Drie, vier, vijf, z... Nee! Nog een keer. ... Drie, vier, vijf, zés! Zes teentjes aan een kindervoet...

*De sporen die je achterlaat...*

Voorzichtig, bijna niet, streel ik het kleinste kuiltje en mijn hart jubelt. Dit voetje, dit kind mocht heel blijven.

Zomers traag komt de zee terug en likt, golfje op golfje, de grote en de kleine sporen weg ...
... en aan mijn verminkte rechter voet.

DE RUIMENDE WIND
draagt mij weer
sinds de amper gesuste storm
de lamgeleefde duif in mij
de verwoekerde veren
gekortwiekt

Nu
draagt hij mij
hoger

## ONS BEGIN

Ik draag mijn schoenen in de hand. Zand. Warm zand, koel zand, koud zand, hoe dieper ik wegzak. De wind heeft takjes uit de lage duindoornstruiken gebroken. Hij speelt er nu mee, draait en wentelt ze, laat ze dwarrelen, veegt ze verder, laat ze liggen in een duinpan.

Waar de lucht doorschijnend is als nergens, weet ik de zee, die mij verwekt en geboren heeft. Zij kent mijn vragen. Zij geeft mij antwoord.

Ons begin<br>was de zee.

Terwijl jij door de duinen struint, ga ik al vast naar de vloedlijn. De veters aan elkaar geknoopt, de schoenen over mijn schouder gehangen, daal ik af. Mijn handen moeten leeg zijn, vrij voor het riet en het zand en de schelpen en de wind.

Halverwege blijf ik staan op de splinterige trap.
Ik voel mijn wortels weer door het rottende hout en het zand heen.
Het gebruis in mijn stadbrein houdt op.
Ik hoor weer de stilte, die niets hoeft te vervangen, die niets kan vervangen.
Ze is vol vogeltoon, golfklank, windstem.

Onder mij spelen de golven met aangespoeld goed.
Daarboven cirkelt een wolk van meeuwen.
Aan de horizon vermoed ik twee schepen.
Zonnegloed schittert op de deining.
Ik ruik vochtig zand en wier en adem in, adem in tot ik duizel.

In de eerste lichtflitsen van de vuurtoren verlang ik naar jou,
wacht ik op jou,
eer ik mij weer losmaak van mijn wortels.
Eer ik verder loop, de trap af, die mijn voeten herkennen.
Eer ik door het voortdurend omgeploegde zand waad,
samen
met
jou.

De zee<br>is ons nieuwe begin

VAN EEN VLINDER
uit jouw mond
even geraakt

een wimperslag lang
te dicht
bij mijn huid

totdat hij wegvloog
die vlinder
uit jouw mond
:
mijn naam

PEER

*Ik ben groots*
*en ik wordt keizer*
riep hij
En er viel een windgat
en de golven likten hem de hielen
en de kraaien cirkelden boven zijn hoofd:
*Wie ben jij?*
*Een toomloze, woeste, een fantast*
zei Aase
en begon te sterven

*Ik ben rijk*
*en ik heb macht*
dacht hij
En de sirocco raasde
en het zand polijstte zijn gezicht
en de gieren cirkelden boven zijn hoofd:
*Wie ben jij?*
*Gewillig en sterk, jezelf genoeg*
zei de Kromme
*Jij schopt het nog ver…*

. . .

. . .

*Ik ben ontheemd*
*heb alles verspeelt*
besefte hij
En de stormen loeiden
en het zand dekte hem toe
en de meeuwen cirkelden boven zijn hoofd:
*Wie ben jij?*
*Een niemand, een niets, mij nog te min*
zei de man met de zeis
en vertrok

*Een niemand ben ik*
*een schil zonder kern*
bekende hij eindelijk
En weer viel een windgat
en de golven koelden hem de voeten
en een duif cirkelde boven zijn hoofd:
*Wie jij bent?*
*Jij bent diegene die zij herkend*

En in de verte
klonk Solvejg's lied

## RONDO MAGISTRALE

Pendel merkte zand
met diepe cirkels
mat het ruim
en nam de tijd
groef alsmaar
nog wijdere ringen
tot het trilde
largo largo
stilstond

en uiteindelijk
terugliep in dezelfde baan
die weer vulde
tot de kern
en in 't ritme
van de rondo
wederom
het ruim
de tijd mat

DE TIJDZOEKER

Zeldzaam stil staat het groepje in de wind tussen zee en duinen. Sommigen licht voorovergebogen. Gespannen starend.
Sculpturen?
Mensen?

Mensen! Mensen, die zich bijwijlen sloom voortbewegen, dan weer stil blijven staan, gesloten, als waren de afstanden tussen hen vastgelegd. Zij onttrekken aan mijn zicht, waar allen naar schijnen te turen. Ergens in richting strandlijn.

Ik stap door het mulle zand in richting het vloedmerk, wil zien, wat zij zien. Dichter bij de groep gekomen hoor ik iemand mompelen: *Hij is verwart.*
*Nee,* zegt een ander, *hij zoekt iets.*

Hij: een man, die bedachtzaam een cirkel in het zand loopt. Aan een grof touw, dat hij boven de borstkas met beide handen vasthoudt, dat over zijn schouder, over zijn rug spant, sleept hij een houten bootje achter zich aan. Wanneer het kielspoor een cirkel in het zand voltooid heeft, vangt hij verderop een nieuwe aan. Het groepje mensen trekt met hem mee.

Een vrouw maakt zich tenslotte los uit de groep. Zij loopt een paar passen in zijn richting, roept: *Hé, wat ben jij aan het doen?*

*Ik zoek tijd, mijn tijd,* antwoord hij terwijl hij doorloopt en aan een nieuwe cirkel begint.

*Waarom trek je dat bootje achter je aan?* wil zij weten.

*Omdat ik het nodig heb, als het mijn tijd is.*

*Ben je al lang op zoek naar je tijd?* vraagt zij verder, maar de aanlandige wind neemt haar woorden mee over de duinen.

Omdat de man niet antwoordt, loopt zij hem tot aan het begin van het nieuwe kielspoorrondje tegemoet, wacht op hem, waar hij nog zowat drie bootlengtes voor een gesloten cirkel te gaan heeft.
*Mag ik een stukje met je meelopen?*

De man blijft staan, sluit de ogen. *Geef me tijd.*

*Je mag iets van mijn tijd hebben,* zegt zij en steekt haar lege handen naar hem uit: *Hier, pak aan…*

*Jij geeft mij iets, wat je misschien niet hebt.*

*Misschien niet. Misschien ook wel. Ik denk, ik heb nog zo veel tijd, dat ik jou een deel ervan cadeau kan doen.*

*Hoeveel?*

*Zoveel als je nodig hebt.*

*Dat legt mij beperkingen op.*

*Goed, dan zoveel als je wilt.*

*Tijd geef je niet zo maar weg. Bewaar je tijd maar voor jezelf.* Hij rukt aan het touw als wilde hij de begonnen cirkel afmaken, maar blijft dan toch naar haar staan kijken.

*Ik meen het. Je mag best iets van mijn tijd hebben. Ik heb er nog genoeg van ….*

*Mogelijk,* zegt hij. *Mogelijk ook niet….*

*Hier. Pak aan…,* zegt de vrouw nog een keer. Ze loopt naar hem toe, steekt haar hand naar de zijne uit.
En de man neemt haar aan.
Haar rechter hand op het touw, dicht bij zijn linker, voltooien ze de cirkel.

VÓÓR DE DUINEN
voltrekt zich
de kentering
geschiedt
gestaag
mijn metamorfose

terwijl de zee
die eeuwig nieuwe
nimmer
verandert

ZAND VOELEN
Wegzakken
Stom worden
Opgaan in ...
Nu

Uiteindelijk
opnieuw begrijpen
en overdoen
Anders doen

Niet alles
Maar dit...
Misschien

Verwaaide zandsporen
decoderen

MIJN MOED
en mijn woede
aan een wolk
toevertrouwen
en mijn rouw
en mijn hoop
aan de wind

en
dan
afwachten
wat
overblijft

# ZONNEWENDE

Jij hebt het vuur al ontstoken op de vertrouwde plek aan de voet van het voorduin. Ons oud, ons oeroud vuur.

Met ons afscheid vorig jaar lieten wij open, of we elkaar dit jaar weer wilden treffen, of we elkaar nog eens een weekend wilden schenken, waar niemand weet van heeft.

Voor 't eerst hebben we niet gezegd: *'tot volgend jaar'* zoals al die jaren daarvoor vanaf onze eerste ontmoeting bij het Heartbreak Hotel.
Maanden na dit afscheid was ik er nog niet zeker van.

Gloed spat op. Zweeft. Sterft. As daalt neer, stuift weg. Spaanhout houdt de gloed in leven, tot kleine vlammen aan een dijdik houtblok beginnen te likken. Het ruikt groen en walmt. De rook etst mijn longen.

De golven beginnen ver buiten de kust, rollen en breken en leggen hun witte schuimkoppen neer op het zand. Grijze wolken trekken snel landinwaarts. Helmgras buigt diep.

Er is veel ruimte tussen ons. Ruimte in overvloed, die wij vroeger niet kenden. Nu heb ik die ruimte nodig. Het is veiliger vanuit die afstand het vuur zich in je ogen zien spiegelen. Zo zie ik ze anders oplichten in de opspattende vonken. Ook veiliger, je huid zien glimmen op afstand, en weten hoe je ziltig vochtige rug aanvoelt.

Onze woorden, zeldzaam ruig, zeldzaam verwaait, breken af boven het vuur, vallen een voor een uit elkaar, gaan in rook op.

Jouw gebaar als je een vlieg wegwuift roert mij aan. Het doet mij denken aan het strelen van je vingertoppen over mijn slapen en je handen in mijn haar, terwijl wij dansten bij het vuur.

De tijd heeft het vuur gedoofd tot as.
Neen, gedimd tot gloed, spreekt mijn alter ego tegen.
Gedoofd tot as, zeg ik. En weet beter.

Een meeuw vliegt op. Nog een. Dichterbij.
Ik zoek je blik. Weet je nog, denk ik, die laatste keer? Toen lachten wij over het zand in onze schoenen, slingerden ze van de voeten, vergaten ze ergens in de duinen.
Mijn strohoed vloog weg, bleef even bij de vloedlijn liggen. Blootsvoets renden wij door zand en muien, maar de wind was sneller en liet mijn hoed dansen met de golven.
Schaduwen zweefden door het fluweelschemer, bleven even boven ons scheren, eer jij het vuur ontstak.

Waren wij alleen? Of telden de anderen niet?

Ik herinner me jouw gezicht, jouw stem in het sissen van het windgestreelde duingras. En onze zwanendans dicht bij het vuur.
De meeuwen zwegen.
Wij ook.

Toen had ik met jou op de smeulende gloed willen dansen.
Nu wijzig ik mijn code,
ga,
kijk pas terug, als jij mij niet meer kan zien.

Geleidelijk aan
zwakt
de storm
af.

## MIJN BOOT IN HET WAD
### of DE LEEGTE

In tijden
lag het bloot aan de zee
aan het zand en de wind
gevuld
tot aan de reling
met leegte

De tijd
de zee
het zand
en de wind
vraten scheuren er in
en de kiel
vergroeide
met 't slik

Nu loopt
mijn boot leeg
en de leegte stroomt terug
in het zand
en zoekt naar een ander
omhulsel

DE MIDDAG WAS NOG WARM EN STIL,

Nu, op weg naar de herberg, tiert een vroege herfststorm over het eiland. Schel–dof–dof–schel seint hij het bericht van het einde van de zomer in mineur naar de horizon boven de Waddenzee.

Zwartbont zoekt vee beschutting in de kraal op een wei, de schedels onder het stormpeil, en achter een omheining dringen merries een veulen naar hun midden.

Wat is geluk?

Ik ga langs populier- en berkenbosjes, waar twijgen regenslierten uit de wolken kammen en de lucht met forse meppen delen. Sloten en greppels lopen vol. Korte spitse golfjes dorsen de oevers. Watermunt en knopbies houden de rukwinden stand.
Hier en daar steken paddenstoelen boven het gras uit.

Een reiger vliegt op, vliegt weg.
Riet veegt de grond aan, breekt niet.
Zilvermeeuwen strijken neer bij een meertje.
Ik weet niet, of ze krijsen.
De storm zingt te luid een nieuwe halve octaaf
                                                            en heet mij welkom.

## NEVELSTILTE

Kraaien huppelen over het veld
als hadden ze geen vleugels
Kevers haasten zich te verhuizen
naar een rottende beukenboomstronk

In kalende bosbessenstruiken
verstellen de spinnen hun web
en winden spelen krijgertje
met het laatste verschrompelde blad

Nevelstilte
Maar diep
in mij
groeit hoop

## SPOKEN

In de struiken langs de dijken
zwengelen listige lachspiegelfratsen
grijnzen hitsige gnomengezichten

en stelen de schaduw
en doffen de tonen
versplinteren licht
en plukken hardnekkig
aan zilveren sluiers
totdat zich de een na de ander
kwiek losrukt en wegdruipt
van blad
drup
💧
tot blad
drup
💧
tot blad
drup drup
💧💧
tot ...
💧💧💧
💧💧
💧

## DE TREURWILG

Als groeiden de takken
omhoog uit het ven

als vonden ze zich
tussen loten en twijgen

en hoger nog in de kroon
bij het nest van de roek

waaruit ze weer regenen
terug in het ven

opdat zich haar cyclus
voltooit

HET WAD VERMOEDEN
en masten langs de kade
Onrust wijkt stilte

## IJSSLAAP

De storm speelt harp
en dwarsfluit en trombone
Hartstochtelijk
speelt hij afscheid voor een meeuw
die lijkt te slapen
in haar ijzig zandbed

Een te groots afscheid
voor een stille vogel
te midden van besneeuwde
schuim en schelpen?

Voor twee drie ogenblikken
klinkt de stilte luider

MARIO EN JOSEPHINE

*De zee is ons orakel*
*dat weet hoeveel tijd en kracht ons is gegeven*

*Noordwesterwind!* riep hij tegen een windvlaag aan, die aan zijn sjaal rukte. Sinds kerstavond vroor het. Nu, in de namiddagschaduw van heggen en bomen lag rijp.

*Het is goed hier te zijn,* dacht zij in het ritselen van het riet, nam die paar stappen ruimer, die hij vooruit gelopen was, stopte haar hand bij de zijne in zijn jaszak.

Stil volgden ze bevroren tractorsporen tussen hagen en sloten. Uiteindelijk zei hij, en ieder woord apart woog zwaar: *Wij zijn niet meer jong genoeg...*

Zij maakte zich los, dook dieper in haar jas, liep een eindje vooruit, riep iets. *... sterk ...* begreep hij.

Na een poos gelopen te hebben vroeg zij naar achteren: *Paal 15?* Hij antwoordde niet, had haar vast niet gehoord. Zij bleef staan, wachtte op hem, herhaalde haar vraag. Hij knikte, liet haar tegen zich aanleunen, omarmde haar, even.
*Wij zouden niet lang genoeg...* duidde hij aan, dicht bij haar oor, en

liep verder, gebukt, tegen de wind in.
Die werd heftiger en kouder, de struiken bogen steeds dieper.
En van de wind kwam storm.

Het laatste stuk weg kortten ze af. Hij hielp haar bij de sloten over de gladde bruggetjes die schaap- en paardenweiden van elkaar scheidden.

Bij paal 15 renden ze hand in hand tegen de storm in langs de waterlijn, totdat ze ademloos moesten blijven staan.
Ze roken brak noch wier.
Tot halverwege het duinpad schitterde een oliespoor op het zand.
Verderop trok een hond zijn lip op van het vette grijze schuim, dat de rollers keer op keer op het strand achter lieten,
een jongen probeerde een dode kwal terug te trappen in de ruige zee,
en meeuwen en strandlopers poetsten hun kleverige vleugels.

Hij schudde zijn hoofd. *Wij hebben tijd noch kracht, daar tegen in te gaan, laat staan…*

*Onze krachtbronnen zijn diep en rijk,* bracht zei in tegen zijn twijfels, schoof zijn hand onder haar jas op de gesp van haar rok. *Het zal ooit de taken van ons overnemen!* Even rustten ze in elkaars armen, steunden elkaar, vonden in elkaars ogen een vonk verloren gewaand vertrouwen terug, overwogen opnieuw …

Plotseling zwakte de storm af. Strand, zee en horizon werden eens, en sterren vielen uit de hemel, het sneeuwde.

Toen de eerste avondnevels uit het water kropen liepen ze terug naar de duinen,
lieten sporen achter in het besneeuwde zand,
die leken uit zee te komen,
waar altijd al het leven vandaan kwam.

ALIBI

Nimbostratuswolken dreigen
Schuim stuift over 't mulle zand
Boven de brullende koppige zee
adembenemend de lucht

De meeuwen
blijven aan de grond
en de vissers
varen vandaag weer niet uit

Ons alibi
voor de zoveelste
extra dag
op Terschelling

| Titel | Seite |
|---|---|
| LOSLASSEN | 11 |
| ZURÜCKKEHREN | 12 |
| DIE SPUREN DIE DU HINTERLÄSST | 14 |
| DER AUFWIND | 18 |
| UNSER ANFANG | 19 |
| VOM SCHMETTERLING | 21 |
| PEER | 22 |
| RONDO MAGISTRALE | 25 |
| DER ZEITSUCHER | 26 |
| VOR DEN DÜNEN | 29 |
| MEINEN MUT | 30 |
| SONNWENDE | 31 |
| DER MITTAG WAR NOCH WARM | 34 |
| SAND SPÜREN | 36 |
| DAS WATT VERMUTEN | 37 |
| MEIN BOOT IM WATT | 38 |
| NEBELSTILLE | 39 |
| TRAUERWEIDEN | 40 |
| GESPENSTER | 41 |
| MARIO EN JOSEPHINE | 43 |
| EISSCHLAF | 46 |
| ALIBI | 47 |

| Titel | Pagina |
|---|---|
| LOSLATEN | 59 |
| TERUGKEREN | 60 |
| DE SPOREN DIE JE ACHTERLAAT | 62 |
| DE RUIMENDE WIND | 65 |
| ONS BEGIN | 66 |
| VAN EEN VLINDER | 68 |
| PEER | 69 |
| RONDO MAGISTRALE | 71 |
| DE TIJDZOEKER | 72 |
| VÓÓR DE DUINEN | 75 |
| ZAND VOELEN | 76 |
| MIJN MOED | 77 |
| ZONNEWENDE | 78 |
| MIJN BOOT IN HET WAD | 81 |
| DE MIDDAG WAS NOG WARM | 83 |
| NEVELSTILTE | 84 |
| SPOKEN | 86 |
| DE TREURWILG | 87 |
| HET WAD VERMOEDEN | 89 |
| IJSSLAAP | 90 |
| MARIO EN JOSEPHINE | 91 |
| ALIBI | 94 |

Waltraut de Willigen
schreibt zweisprachig (D/NL),
übersetzt (westeuropäische Sprachen)

Veröffentlichungen in D/NL u.a.:
- DIE VORLAUTE ROSE, ISBN Buch: 978-3-7322-4274-0
  ISBN E-Book: 978-3-8482-8419-1
- DAS SONNE-, MOND-, STERNE-, WIND- UND WOLKEN-BUCH ODER DER REGENBOGEN BIST DU
- FLOH IM FELL – HAUT DARUNTER?
  ISBN Buch: 978-3-7322-7346-1, ISBN E-Book: 978-3-8482-5941-0
- ICH WOLLTE, ICH KÖNNTE DICH TRÖSTEN
- FORTGEGANGEN – ANGEKOMMEN
- SCHMETTERLINGSFRAU, LUMPENPUPPENMANN UND 13 WEITERE MENSCHENGESCHICHTEN,
  ISBN Buch: 978-3-7322-5293-0, ISBN E-Book: 978-3-8482-6611-1
- WANT ER IS EEN TIJD VOOR STILTE,

außerdem in Gedicht-/Kurzprosabänden, Enzyklopädien, Literaturmagazinen, Anthologien, Literaturtelefonen.
Führt Regie bei Theaterlesungen und Poesiehappenings.

Wally de Willigen
schrijft tweetalig (NL/D),
vertaalt (West-Europese talen)

Publicaties in NL/D o.a.:
- DIE VORLAUTE ROSE, ISBN boek: 978-3-7322-4274-0
  ISBN E-Book: 978-3-8482-8419-1
- DAS SONNE-, MOND-, STERNE-, WIND- UND WOLKEN-BUCH ODER DER REGENBOGEN BIST DU
- FLOH IM FELL – HAUT DARUNTER?
  ISBN boek: 978-3-7322-7346-1, ISBN E-Book: 978-3-8482-5941-0
- ICH WOLLTE, ICH KÖNNTE DICH TRÖSTEN
- FORTGEGANGEN – ANGEKOMMEN
- SCHMETTERLINGSFRAU, LUMPENPUPPENMANN UND 13 WEITERE MENSCHENGESCHICHTEN,
  ISBN boek: 978-3-7322-5293-0, ISBN E-Book: 978-3-8482-6611-1
- WANT ER IS EEN TIJD VOOR STILTE,

verder o.a. in poëzie- en prozabundels, encyclopedieën, literatuurtijdschriften, anthologieën, literatuurtelefoons.
Voert regie bij theaterlezingen en poëziehappenings.

Frans Sakkee
ist Zeichner, Kunstmaler, Illustrator, Konstrukteur, Fotograf (vornehmlich Landschafts- und Objektfotografie), nutzt unterschiedlichste Techniken und Materialien (u.a. Ton, Holz, Wachs, Metall).

Er weiß die charakteristischen Stimmungen seiner Sujets treffend zu akzentuieren, präsentiert sein Werk in Solo- und Gruppenausstellungen.

Ausbildung u.a. bei:
Elly de Koster, Dozentin Mal-/Zeichentechnik, NL – Sas van Gent,
Sia Braakman, Dozentin Töpferei, NL – Philippine (Z-VL),
diversen Studiengängen Kunsterziehung;

Illustrationen:
*Bücher:*
- DIE VORLAUTE ROSE
- OVERAL - De 5 jaargetijden op Terschelling
- SPUREN ZWISCHEN WATT UND MEER

*DUE ARTE Kalender* [Editie VONKENDANS] u.a.:
- LebensRäume (Memokalender), ISBN 978-90-79642-20-5
- LeefRuim (Memokalender), ISBN 978-90-79642-19-9

*DUE ARTE Tischdeko-Sets*: [Editie VONKENDANS] u.a.:
- Overal (8 Motive), ISBN 978-90-79642-03-8
- Überall (8 Motive), ISBN 978-90-79642-02-1

Frans Sakkee
is tekenaar, kunstschilder, illustrator, constructeur, fotograaf (voornamelijk landschaps- en objectfotografie) en schept en bewerkt ook objecten van klei, was, hout, metaal.

Hij weet de karakteristieke stemmingen van zijn onderwerpen kunstig te accentueren, presenteert zijn werk in solo- en groepstentoonstellingen.

Opleiding/scholing o.a. bij:
Elly de Koster, docente schilderen/tekenen, Sas van Gent,
Sia Braakman, docente keramiekwerk, Philippine (Z-VL),
diverse cursussen Kunstzinnige Vorming;

Illustraties:
*Boeken:*
- DIE VORLAUTE ROSE
- OVERAL - De 5 jaargetijden op Terschelling
- SPUREN ZWISCHEN WATT UND MEER

*DUE ARTE Kalenders* [Editie VONKENDANS] o.a.:
- LebensRäume (Memokalender), ISBN 978-90-79642-20-5
- LeefRuim (Memokalender), ISBN 978-90-79642-19-9

*DUE ARTE Tafeldeco-Sets*: [Editie VONKENDANS] o.a.:
- Overal (8 motieven), ISBN 978-90-79642-03-8
- Überall (8 motieven), ISBN 978-90-79642-02-1

Lilith-Benthe Eriksen
fotografiert, illustriert Bücher, entwirft Kalender, Tafeldeko-Sets. Sie präsentiert ihr Werk in Ausstellungen in Deutschland und den Niederlanden.

Illustrationen u.a.:
*Bücher:*
- DIE VORLAUTE ROSE (Umschlag)
- FLOH IM FELL – HAUT DARUNTER?
- FORTGEGANGEN – ANGEKOMMEN
- SCHMETTERLINGSFRAU, LUMPENPUPPENMANN UND 13 WEITERE MENSCHENGESCHICHTEN
- WANT ER IS EEN TIJD VOOR STILTE

*Kalender:*
- *SEE-LAND FLANDERN*
- *SUMMERTIME*
- *ZUEIGNUNG*

*Tafeldeko-Sets u.a.:*
- Linie *DUE ARTE:*
  *EXLIBRIS / FREUNDSCHAFT I, II, III / FRÜHLING I, II / JAHRESZEITEN / ORCHIDEEN / ROSEN / SCHMETTERLINGE / SYMBOLE I, II / ZUEIGNUNG*
- Linie *ARS FRYELLE*:
  *KINDER / LANDSCHAFTEN / TIERE / WEIHNACHTEN/NEUJAHR / WERBETRÄGER / INDIVIDUELLE PRÄSENTE FÜR FREUNDE UND/ODER GESCHÄFTSPARTNER*

Lilith-Benthe Eriksen
fotografeert, illustreert boeken, ontwerpt kalenders, tafeldeco-sets. Zij presenteert haar werk in tentoonstellingen in Nederland en Duitsland.

Illustraties o.a.:

*Boeken:*
- DIE VORLAUTE ROSE (cover)
- FLOH IM FELL – HAUT DARUNTER?
- FORTGEGANGEN – ANGEKOMMEN
- SCHMETTERLINGSFRAU, LUMPENPUPPENMANN UND 13 WEITERE MENSCHENGESCHICHTEN
- WANT ER IS EEN TIJD VOOR STILTE

*Kalenders:*
- ZEE-LAND VLAANDEREN
- SUMMERTIME
- TOEWIJDING

*Tafeldeco-Sets* o.a.:
- Serie *DUE ARTE:*
  EXLIBRIS / VRIENDSCHAP I, II, III / LENTE I, II / JAARGETIJDEN / ORCHIDEEËN / ROZEN / VLINDERS / SYMBOLEN I, II / TOEWIJDING
- Serie *ARS FRYELLE*:
  KINDEREN / LANDSCHAPPEN / DIEREN / KERST/NIEUWJAAR / INDIVIDUELE PRESENTEN VOOR VRIENDEN EN/OF ZAKENRELATIES EN RECLAMESETS